Carl Friedrich Gauss

Dioptrische Untersuchungen von C. F. Gauss

Antigonos

Carl Friedrich Gauss

Dioptrische Untersuchungen von C. F. Gauss

Unveränderter Nachdruck der Originalausgabe von 1843.

1. Auflage 2024 | ISBN: 978-3-38653-270-9

Antigonos Verlag ist ein Imprint der Outlook Verlagsgesellschaft mbH.

Verlag: Outlook Verlag GmbH, Zeilweg 44, 60439 Frankfurt, Deutschland, info@outlook-verlag.de
Vertretungsberechtigt: E. Roepke, Zeilweg 44, 60439 Frankfurt, Deutschland
Druck: Libri Plureos GmbH, Friedensallee 273, 22763 Hamburg, Deutschland

ABHANDLUNGEN

DER

MATHEMATISCHEN CLASSE

DER

KÖNIGLICHEN GESELLSCHAFT DER WISSENSCHAFTEN

ZU GÖTTINGEN.

ERSTER BAND.

VON DEN JAHREN 1838—1841.

GÖTTINGEN,

IN DER DIETERICHSCHEN BUCHHANDLUNG.

1843.

Dioptrische Untersuchungen

von

C. F. Gauss.

Der königl. Societät übergeben 1840 December 10.

Die Betrachtung des Weges, welchen durch Linsengläser solche Lichtstrahlen nehmen, die gegen die gemeinschaftliche Axe derselben sehr wenig geneigt sind, und der davon abhangenden Erscheinungen, bietet sehr elegante Resultate dar, welche durch die Arbeiten von Cotes, Euler, Lagrange und Möbius erschöpft scheinen könnten, aber doch noch mehreres zu wünschen übrig lassen. Ein wesentlicher Mangel der von jenen Mathematikern aufgestellten Sätze ist, daſs dabei die Dicke der Linsen vernachlässigt wird, wodurch ihnen ein ihren Werth sehr verringernder Charakter von Ungenauigkeit und Naturwidrigkeit aufgeprägt wird. Ohne in Abrede zu stellen, daſs für manche andere dioptrische Untersuchungen, namentlich für diejenigen, wobei die sogenannte Abweichung wegen der Kugelgestalt der Linsenflächen in Betracht gezogen wird, die anfängliche Vernachlässigung der Dicke der Linsen sehr nützlich, ja nothwendig wird, um einfachere und geschmeidigere Vorschriften für Überschläge und erste Annäherungen zu gewinnen, wird man sich doch gern einer solchen Aufopferung aller Schärfe da enthoben sehen wo es ohne allen oder ohne erheblichen Verlust für die Einfachheit der Resultate geschehen kann. Auf einen den mathematischen Sinn unangenehm berührenden Mangel an Präcision stoſsen wir zum Theil schon bei den ersten Begriffsbestimmungen der Dioptrik. Die Begriffe von Axe und Brennpunkt einer Linse stehen zwar mit Schärfe fest; allein nicht so ist es mit der Brenn-

weite, welche die meisten Schriftsteller als die Entfernung des Brennpunkts
der Linse von ihrem Mittelpunkte erklären, indem sie von vorne her entweder
stillschweigend voraussetzen, oder ausdrücklich bevorworten, daſs die Dicke der
Linse hiebei wie unendlich klein betrachtet werde, wodurch also für wirk-
liche Linsen die Brennweite eine Unbestimmtheit von der Ordnung der Dicke
der Linsen behält. Wo es einmahl genauer genommen wird, rechnet man
jene Entfernung bald von der dem Brennpunkte nächsten Oberfläche der Linse,
bald von dem sogenannten optischen Mittelpunkte derselben, bald von demjenigen Punkte, welcher zwischen der Vorderfläche und Hinterfläche mitten inne
liegt, und von allen diesen Bestimmungen wieder verschieden ist derjenige
Werth, welcher bei der Vergleichung der Gröſse des Bildes eines unendlich
entfernten Gegenstandes mit der scheinbaren Gröſse des letztern zum Grunde
gelegt werden muſs, welche letztere Bestimmung in der That die einzige
zweckmäſsige ist.

Ich habe daher für nicht überflüssig gehalten, diesen an sich ganz ele-
mentaren Untersuchungen einige Blätter zu widmen, vornehmlich nm zu zeigen, daſs bei den oben erwähnten eleganten Sätzen ohne Verlust für ihre
Einfachheit die Dicke der Linsen mit berücksichtigt werden kann. Nur die
Beschränkung auf solche Strahlen, die gegen die Axe unendlich wenig geneigt
sind, soll hier beibehalten, oder die Abweichung wegen der Kugelgestalt bei
Seite gesetzt werden.

1.

Die Bestimmung der Lage aller in dieser Untersuchung vorkommenden
Punkte geschieht durch rechtwinklige Coordinaten x, y, z, wobei vorausgesetzt
wird, daſs die Mittelpunkte der verschiedenen Brechungsflächen in der Axe
der x liegen, und nur solche Lichtstrahlen betrachtet werden, die mit dieser
Axe einen sehr kleinen Winkel machen: die Coordinaten x werden, bei ganz
willkürlichem Anfangspunkte, als wachsend angenommen in dem Sinne der
Richtung der Lichtstrahlen.

Wir betrachten zuerst die Wirkung Einer Brechnng auf den Weg eines Lichtstrahls. Es sei das Brechungsverhältniſs beim Übergange aus dem
ersten Mittel in das zweite wie $\frac{1}{n}$ zu $\frac{1}{n'}$, oder wie n' zu n. Wir bezeichnen

mit M den Mittelpunkt der sphärischen Scheidungsfläche zwischen den beiden Mitteln, mit N den Durchschnittspunkt dieser Fläche mit der ersten Coordinatenaxe; zugleich sollen mit denselben Buchstaben auch die diesen Punkten entsprechenden Werthe von x bezeichnet werden, was in der Folge auch bei andern Punkten der ersten Coordinatenaxe eben so gehalten werden soll. Es sei ferner $r = M - N$, oder r der Halbmesser der Scheidungsfläche, positiv oder negativ, je nachdem das erste Mittel an der convexen oder an der concaven Seite liegt; P der Punkt, wo der Lichtstrahl die Scheidungsfläche trifft, und θ der (spitze) Winkel zwischen MP und der Axe der x.

Die von einem Lichtstrahle vor der Brechung beschriebene gerade Linie wird durch zwei Gleichungen bestimmt, denen wir folgende Form geben:

$$y = \frac{\beta}{n}(x - N) + b$$

$$z = \frac{\gamma}{n}(x - N) + c$$

und eben so seien die Gleichungen für die von demselben Lichtstrahle nach der Brechung beschriebene gerade Linie

$$y = \frac{\beta'}{n'}(x - N) + b'$$

$$z = \frac{\gamma'}{n'}(x - N) + c'$$

Es kommt also darauf an, die Abhängigkeit der vier Größen β', γ', b', c' von β, γ, b, c zu entwickeln. Für den Punkt P wird

$$x = N + r(1 - \cos\theta)$$

also, weil für denselben sowohl die ersten als die zweiten Gleichungen gelten,

$$\frac{\beta}{n} \cdot r(1 - \cos\theta) + b = \frac{\beta'}{n'} \cdot r(1 - \cos\theta) + b'$$

und folglich, da β, β', θ als unendlich kleine Größen erster Ordnung gelten, bis auf Größen dritter Ordnung genau

$$b' = b \qquad\qquad\qquad (1)$$

und eben so

$$c' = c \qquad\qquad\qquad (1)$$

Eine durch M senkrecht gegen die Axe der x gelegte Ebene werde von dem ersten (nöthigenfalls verlängerten) Wege des Lichtstrahls in Q, von dem zweiten in Q' geschnitten. Da PQ' mit PQ und PM in Einer Ebene liegt, so sind M, Q, Q' in Einer geraden Linie. Bezeichnet man mit λ, λ' die Winkel, welche diese gerade Linie mit PQ, PQ' macht, so werden offenbar $MQ \cdot \sin \lambda$, $MQ' \cdot \sin \lambda'$ den Producten aus dem positiv genommenen Halbmesser der Kugelfläche in die Sinus des Einfallswinkels und des gebrochenen Winkels gleich, also den Zahlen n', n proportional sein, mithin

$$MQ' = \frac{n \cdot MQ \cdot \sin \lambda}{n' \sin \lambda'}$$

Da nun für den Punkt Q

$$y = b + \frac{\beta r}{n}$$

$$z = c + \frac{\gamma r}{n}$$

für den Punkt Q' hingegen

$$y = b' + \frac{\beta' r}{n'}$$

$$z = c' + \frac{\gamma' r}{n'}$$

wird, und die beiden letztern Coordinaten sich zu den beiden erstern wie MQ' zu MQ verhalten, so hat man

$$b' + \frac{\beta' r}{n'} = \frac{n \sin \lambda}{n' \sin \lambda'} \cdot \left(b + \frac{\beta r}{n} \right)$$

$$c' + \frac{\gamma' r}{n'} = \frac{n \sin \lambda}{n' \sin \lambda'} \cdot \left(c + \frac{\gamma r}{n} \right)$$

oder

$$\beta' = \frac{nb + \beta}{r} \cdot \frac{\sin \lambda}{\sin \lambda'} - \frac{n' b'}{r}$$

$$\gamma' = \frac{nc + \gamma r}{r} \cdot \frac{\sin \lambda}{\sin \lambda'} - \frac{n' c'}{r}$$

Diese Ausdrücke sind strenge richtig; allein, da λ, λ' vom rechten Winkel um Größen erster Ordnung, also ihre Sinus von der Einheit um Größen zweiter Ordnung verschieden sind, so wird, auf Größen dritter Ordnung genau,

$$\beta' = \beta - \frac{n'-n}{r} \cdot b = \beta + \frac{n'-n}{N-M} \cdot b \quad \left.\begin{array}{c} \\ \\ \end{array}\right\}$$
$$\gamma' = \gamma - \frac{n'-n}{r} \cdot c = \gamma + \frac{n'-n}{N-M} \cdot c \quad \tag{2}$$

Diese Gleichnngen (1), (2) enthalten die Auflösung unserer Aufgabe.

Es verdient bemerkt zu werden, dafs dieselben Formeln auch nnmittelbar anf einen zurückgeworfenen Strahl angewandt werden können, wenn man nur — n für n' substituirt, und dafs, mit Hülfe eines solchen Verfahrens, auch die sämmtlichen folgenden Untersuchungen sich sehr leicht auf den Fall erweitern lassen, wo anstatt der Refractionen eine oder mehrere Reflexionen eintreten.

2.

Zur Auflösnng der allgemeinern Aufgabe, den Weg des Lichtstrahls nach wiederhohlten $(\mu + 1)$ Brechnngen zu bestimmen, wollen wir folgende Bezeichnungen gebrauchen.

N^0, N', N'' $N^{(\mu)}$ die Punkte, wo die Axe der x von den Brechungsflächen getroffen wird.

M^0, M', M'' . $M^{(\mu)}$ die in dieser Axe liegenden Mittelpunkte der Brechungsflächen.

$n' : n^0$, $n'' : n'$, $n''' : n''$ . . $n^{(\mu+1)} : n^{(\mu)}$ die Brechungsverhältnisse beim Durchgange aus dem ersten Mittel (vor N^0) in das zweite (zwischen N^0 und N'), ans dem zweiten in das dritte u. s. f. In der Emanationstheorie sind also die Zahlen n^0, n', n'' u. s. w. den Geschwindigkeiten der Fortpflanzung des Lichts in den einzelnen Mitteln direct, in der Undulationstheorie verkehrt proportional, nnd wenn das letzte Mittel dasselbe ist, wie das erste, wird $n^{(\mu+1)} = n^0$.

Die Gleichungen für den Weg des Lichtstrahls vor der ersten Brechung seien

$$y = \frac{\beta^0}{n^0}(x - N^0) + b^0$$
$$z = \frac{\gamma^0}{n^0}(x - N^0) + c^0$$

die Gleichungen für den Weg nach der ersten Brechnng folgende

$$y = \frac{\beta'}{n'}(x - N^0) + b^0$$

$$z = \frac{\gamma'}{n'}(x - N^0) + c^0$$

oder, anstatt auf N^0, auf N' bezogen

$$y = \frac{\mathfrak{G}'}{n'}(x - N') + b'$$

$$z = \frac{\gamma'}{n'}(x - N') + c'$$

eben so die Gleichungen für den Weg nach der zweiten Brechung

$$y = \frac{\mathfrak{G}''}{n''}(x - N') + b'$$

$$z = \frac{\gamma''}{n''}(x - N') + c'$$

oder

$$y = \frac{\mathfrak{G}''}{n''}(x - N'') + b''$$

$$z = \frac{\gamma''}{n''}(x - N'') + c''$$

u. s. f., also, wenn wir die letzten Glieder in den Reihen der $\mathfrak{G}$, γ, n, N, b, c, nemlich $\mathfrak{G}^{(\mu+1)}$, $\gamma^{(\mu+1)}$, $n^{(\mu+1)}$, $N^{(\mu)}$, $b^{(\mu+1)}$, $c^{(\mu+1)}$, um sie als solche kenntlich zu machen, durch $\mathfrak{G}^*$, γ^*, n^*, N^*, b^*, c^* bezeichnen, die Gleichungen für den letzten Weg des Lichtstrahls

$$y = \frac{\mathfrak{G}^*}{n^*}(x - N^*) + b^*$$

$$z = \frac{\gamma^*}{n^*}(x - N^*) + c^*$$

Endlich setzen wir zur Abkürzung   (3)

$$\frac{N' - N^0}{n'} = t', \quad \frac{N' - N'}{n''} = t'', \quad \frac{N'' - N''}{n'''} = t''' \text{ u. s. f.}$$

$$\frac{n' - n^0}{N^0 - M^0} = u^0, \quad \frac{n'' - n'}{N' - M'} = u', \quad \frac{n''' - n''}{N'' - M'} = u'' \text{ u. s. f.}$$

und der Analogie nach für die letzten Glieder in diesen Reihen

$$t^{(\mu)} = t^*, \quad u^{(\mu)} = u^*$$

Es wird demnach, in Folge des vorhergehenden Artikels,

$$\mathfrak{G}' = \mathfrak{G}^0 + u^0 b^0$$

$$b' = b^0 + t\mathfrak{G}''$$

$$\mathfrak{c}'' = \mathfrak{c}' + u'b'$$
$$b'' = b' + t''\mathfrak{c}''$$
$$\mathfrak{c}''' = \mathfrak{c}'' + u''b''$$
$$b''' = b'' + t'''\mathfrak{c}'''$$

s. f., woraus erhellet, daſs b^*, $\mathfrak{c}^*$ linearisch durch b^0 und $\mathfrak{c}^0$ bestimmt werden, und dass, wenn man

$$\left. \begin{aligned} b^* &= g\,b^0 + h\,\mathfrak{c}^0 \\ \mathfrak{c}^* &= k\,b^0 + l\,\mathfrak{c}^0 \end{aligned} \right\} \tag{4}$$

setzt, in der von Euler (*Comment. Nov. Acad. Petropol. T. IX*) eingeführten Bezeichnung sein wird

$$\left. \begin{aligned} g &= (u^0,\, t',\, u',\, t',\, u'' \ldots\ldots t^*) \\ h &= (t',\, u',\, t'',\, u'' \ldots\ldots t^*) \\ k &= (u^0,\, t',\, u',\, t'',\, u'' \ldots\ldots u^*) \\ l &= (t',\, u',\, t'',\, u'' \ldots\ldots u^*) \end{aligned} \right\} \tag{5}$$

Die Bedeutung dieser Bezeichnung besteht bekanntlich darin, daſs, wenn aus einer gegebenen Reihe von Gröſsen a, a', a'', a''' u. s. f. eine andere Reihe, A, A', A'', A''' u. s. f. nach folgendem Algorithmus gebildet wird

$$A = a,\quad A' = a'A + 1,\quad A'' = a''A' + A,\quad A''' = a'''A'' + A'\ \text{u. s. f.},$$

man schreibt

$$A = (a),\quad A' = (a,\, a'),\quad A'' = (a,\, a',\, a''),\quad A''' = (a,\, a',\, a'',\, a''')\ \text{u. s. f.}$$

Übrigens ist von selbst klar, daſs in den Gleichungen für die dritte Coordinate z die Constanten für den letzten Weg aus denen für den ersten ganz eben so abgeleitet werden, wie in den Gleichungen für y, oder daſs man haben wird

$$\left. \begin{aligned} c^* &= g\,c^0 + h\,\gamma^0 \\ \gamma^* &= k\,c^0 + l\,\gamma^0 \end{aligned} \right\} \tag{4}$$

In den Gleichungen (3), (5), (4) ist die vollständige Auflösung unserer Aufgabe enthalten.

3.

Euler hat a. a. O. die vornehmsten den erwähnten Algorithmus betreffenden Relationen entwickelt, von denen hier nur zwei in Erinnerung gebracht werden mögen.

Erstlich ist immer

$$(a, a', a'' \ldots a^{(\lambda)})(a', a'' \ldots a^{(\lambda+1)}) - (a, a', a'' \ldots a^{(\lambda+1)})(a', a'' \ldots a^{(\lambda)}) = \pm 1$$

wo das obere oder das untere Zeichen gilt, je nachdem die Anzahl aller Elemente $a, a', a'' \ldots a^{(\lambda+1)}$ d. i. die Zahl $\lambda + 2$ ungerade oder gerade ist.

Zweitens ist erlaubt, die Ordnung der Elemente umzukehren; es wird nemlich

$$(a, a', a'' \ldots a^{(\lambda)}) = (a^{(\lambda)}, \ldots a'', a', a)$$

Aus der Anwendung des ersten dieser Sätze auf die Gröfsen g, h, k, l folgt

$$gl - hk = 1$$

Die Gleichungen (4) können daher auch so dargestellt werden:

$$b^0 = lb^* - h\mathfrak{b}^*$$
$$\mathfrak{b}^0 = -kb^* + g\mathfrak{b}^*$$
$$c^0 = lc^* - h\gamma^*$$
$$\gamma^0 = -kc^* + g\gamma^*$$

4.

Es sei P ein gegebener Punkt auf der (nöthigenfalls verlängerten) geraden Linie, welche der erste Weg des Lichtstrahls darstellt, und ξ, η, ζ seine Coordinaten. Es ist also

$$n^0 \eta = \mathfrak{b}^0 (\xi - N^0) + n^0 b^0$$

oder wenn man für $\mathfrak{b}^0, b^0$ die am Schlufs des vorhergehenden Artikels gegebenen Ausdrücke substituirt

$$n^0 \eta = (g\mathfrak{b}^* - kb^*)(\xi - N^0) - n^0(h\mathfrak{b}^* - lb^*)$$

folglich

$$b^* = \frac{n^0 \eta + (n^0 h - g(\xi - N^0))\mathfrak{b}^*}{n^0 l - k(\xi - N^0)}$$

Substituirt man diesen Werth in der ersten Gleichung für den Weg des Lichtstrahls nach der letzten Brechung, nemlich in

$$y = \frac{\mathfrak{b}^*}{n^*}(x - N^*) + b^*$$

und schreibt um abzukürzen

$$N^* - \frac{n^0 h - g(\xi - N^0)}{n^0 l - k(\xi - N^0)} \cdot n^* = \xi^*$$

$$\frac{n^0 \eta}{n^0 l - k(\xi - N^0)} = \eta^*$$

so wird diese Gleichung

$$y = \eta^* + \frac{\mathcal{E}^*}{n^*}(x - \xi^*)$$

und ganz auf dieselbe Art wird, wenn man noch

$$\frac{n^0 \zeta}{n^0 l - k(\xi - N^0)} = \zeta^*$$

schreibt, die zweite Gleichung für den Weg des Lichtstrahls nach der letzten Brechung

$$z = \zeta^* + \frac{\gamma^*}{n^*}(x - \xi^*)$$

Der Punkt P^*, dessen Coordinaten ξ^*, η^*, ζ^* sind, liegt also auf der (nöthigenfalls rückwärts verlängerten) geraden Linie, welche dieser letzte Weg darstellt, und zugleich ist klar, da seine Coordinaten von $\mathcal{E}^0$, b^0, γ^0, c^0 unabhängig sind, daſs er für alle einfallenden Strahlen, die durch P gehen, derselbe ist. Man kann den Punkt P wie ein Object und P^* als sein Bild betrachten; jenes kann aber nur dann ein reelles sein, wenn P im ersten Mittel liegt, oder $\xi - N^0$ negativ ist, und eben so ist das Bild nur dann ein reelles, wenn P^* in dem letzten Mittel liegt, oder $\xi^* - N^*$ positiv ist; in den entgegengesetzten Fällen sind Object oder Bild nur virtuell.

Die Punkte P, P^* liegen mit der Axe der x in Einer Ebene, in Entfernungen von derselben, die sich wie die Einheit und die Zahl $\dfrac{n^0}{n^0 l - k(\xi - N^0)}$ verhalten, wobei das positive oder negative Zeichen dieser Zahl die Lage jener Punkte auf Einer Seite der Axe oder auf entgegengesetzten anzeigt. Ein System von Punkten in derselben gegen die Axe der x senkrechten Ebene kann wie ein zusammengesetztes Object betrachtet werden, dessen zusammengesetztes Bild gleichfalls in Eine gegen die Axe der x senkrechte Ebene fällt, und dem Object ähnlich ist, so daſs das Linearverhältniſs der Theile durch die Zahl

$$\frac{n^0}{n^0 l - k(\xi - N^0)} = g + \frac{k}{n^*}(\xi^* - N^*)$$

ausgedrückt wird, deren Zeichen die aufrechte oder verkehrte Lage unterscheidet.

5.

Das bisher entwickelte enthält die ganze Theorie der Veränderungen, welche der Weg der Lichtstrahlen durch Brechungen erleidet, und läfst sich leicht auch auf den Fall ausdehnen, wo mit Brechungen eine oder mehrere Reflexionen verbunden sind, was jedoch speciell hier nicht ausgeführt werden soll. Es ist aber nicht überflüssig, die Resultate in eine andere Form zu bringen, indem man sie, anstatt auf die erste und letzte Fläche oder auf die Punkte N^0, N^* auf zwei andere Punkte Q, Q^* bezieht. Es seien

$$y = \frac{\mathfrak{E}^0}{n^0}(x - Q) + B$$

$$z = \frac{\gamma^0}{n^0}(x - Q) + C$$

die Gleichungen für den ersten, und

$$y = \frac{\mathfrak{E}^*}{n^*}(x - Q^*) + B^*$$

$$z = \frac{\gamma^*}{n^*}(x - Q^*) + C^*$$

die Gleichnngen für den letzten Weg des Lichtstrahls, und man setze

$$\frac{N^0 - Q}{n^0} = \theta, \quad \frac{Q^* - N^*}{n^*} = \theta^*$$

Wir haben also

$$b^0 = B + \theta\mathfrak{E}^0, \quad c^0 = C + \theta\gamma^0$$
$$B^* = b^* + \theta^*\mathfrak{E}^*, \quad C^* = c^* + \theta^*\gamma^*$$

Hieraus, verbunden mit den Gleichungen (4) folgt leicht, dafs, wenn man

$$G = g + \theta^*k$$
$$H = h + \theta g + \theta\theta^*k + \theta^*l$$
$$K = k$$
$$L = l + \theta k$$

setzt,

$$B^* = GB + H\mathfrak{E}^0, \quad C^* = GC + H\gamma^0$$
$$\mathfrak{E}^* = KB + L\mathfrak{E}^0, \quad \gamma^* = KC + L\gamma^0$$

sein wird. Die Coefficienten G, H, K, L, welche auf diese Weise an die Stelle von g, h, k, l treten, geben auch die Gleichung

$$GH - KL = 1.$$

6.

Der Zweck der Einführung anderer Punkte, um die Lage des einfallenden und des ausfahrenden Strahls darauf zu beziehen, geht dahin, eine einfachere Abhängigkeit der letztern von der erstern darzubieten, und dazu sind vorzugsweise zwei Paare von Punkten geeignet, die mit E, E^* und F, F^* bezeichnet werden sollen. Die Werthe der dabei in Betracht kommenden Grössen werden sich bequem in einer tabellarischen Form übersehen lassen.

	I	II
θ	$\dfrac{1-l}{k}$	$-\dfrac{l}{k}$
θ^*	$\dfrac{1-g}{k}$	$-\dfrac{g}{k}$
Q	$E = N^0 - \dfrac{n^0(1-l)}{k}$	$F = N^0 + \dfrac{n^0 l}{k} = E + \dfrac{n^0}{k}$
Q^*	$E^* = N^* + \dfrac{n^*(1-g)}{k}$	$F^* = N^* - \dfrac{n^* g}{k} = E^* - \dfrac{n^*}{k}$
G	1	0
H	0	$-\dfrac{1}{k}$
K	k	k
L	1	0

Das Resultat ist also, dass, wenn die Gleichungen für den einfallenden Strahl in die Form gebracht werden

$$y = \frac{\varsigma^0}{n^0}(x - E) + B$$

$$z = \frac{\gamma^0}{n^0}(x - E) + C$$

oder in folgende (wo wir die constanten Theile zur Unterscheidung von der ersten Form mit Accenten bezeichnen)

$$y = \frac{\varsigma^0}{n^0}(x - F) + B'$$

$$z = \frac{\gamma^0}{n^0}(x - F) + C'$$

die Gleichungen für den ansfahrenden Strahl sein werden

$$y = \frac{\mathfrak{C}^0 + kB}{n^*} \cdot (x - E^*) + B$$

$$z = \frac{\gamma^0 + kC}{n^*} \cdot (x - E^*) + C$$

oder

$$y = \frac{kB'}{n^*} \cdot (x - F^*) - \frac{\mathfrak{C}^0}{k}$$

$$z = \frac{kC'}{n^*} \cdot (x - F^*) - \frac{\gamma^0}{k}$$

7.

Durch Benutznng der Pnnkte E, E^* läfst sich die Abhängigkeit des letzten Weges des Lichtstrahls von dem ersten einfach so ansdrücken: der letzte Weg hat gegen den Pnnkt E^* dieselbe Lage, welche der nur einmahl gebroehene Lichtstrahl gegen E haben würde, wenn in E sieh eine brechende Fläche mit dem Halbmesser $\frac{n^0 - n^*}{k}$ befände, dureh welche der Lichtstrahl aus dem ersten Mittel unmittelbar in das letzte Mittel überginge. Dies gilt für den Fall, wo das erste nnd das letzte Mittel ungleich sind. Sind sie hingegen gleich, oder $n^* = n^0$, wie bei Brechnng durch ein oder mehrere Linsengläser, so hat der letzte Weg gegen E^* dieselbe Lage, welche er gegen E vermöge der Breehung durch eine in E befindliche unendlich dünne Linse von der Brennweite $-\frac{n^0}{k}$ baben würde. Mit andern Worten: es ist verstattet, anstatt des Überganges aus dem ersten Mittel in das letzte vermöge mehrerer Brechungen, den Übergang entweder durch eine einzige Brechnng, oder durch eine einzige Linse von unendlich kleiner Dieke zu substituiren, je nachdem das erste und das letzte Mittel ungleich oder gleich sind, indem man im ersten Fall der brechenden Fläche den Halbmesser $\frac{n^0 - n^*}{k}$, im zweiten der Linse die Brennweite $-\frac{n^0}{k}$ gibt, die brechende Fläche oder die

Linse in E annimmt, und in beiden Fällen die Lage des ausfahrenden Strahls so viel verschiebt, als die Entfernung des Punktes E^* von E beträgt. Das Zeichen des Halbmessers der brechenden Fläche ist übrigens so zu verstehen, wie oben Art. 1, und das Zeichen der Brennweite so, wie weiter unten Art. 9 bemerkt werden wird.

Wegen dieser Bedeutsamkeit der Punkte E, E^* scheinen diese eine besondere Benennung wohl zu verdienen: ich werde sie die Hauptpunkte des Systems von Mitteln, oder der Linse, oder des Systems von Linsen, worauf sie sich beziehen, nennen; E den ersten, E^* den zweiten Hauptpunkt. Unter Ebenen der Hauptpunkte werden die durch dieselben normal gegen die Axe der x gelegten Ebenen verstanden werden.

8.

Rücksichtlich der Punkte F, F^* zeigen die Formeln des 6 Artikels, dafs allen einfallenden Lichtstrahlen, die durch den Punkt F gehen, ausfahrende entsprechen, die mit der Axe parallel sind; einfallenden hingegen, die mit der Axe parallel sind, solche ausfahrende, die sich in dem Punkte F^* kreuzen; für Strahlen, die von der entgegengesetzten Seite herkommen, vertauschen diese Punkte ihre Functionen. Wenn wir also dem für einzelne Linsen bestehenden Sprachgebrauche eine erweiterte Ausdehnung geben, so können F, F^* die Brennpunkte des Systems von Mitteln oder von Linsen, worauf sie sich beziehen, genannt werden, F der erste, F^* der zweite; die durch diese Punkte normal gegen die Axe der x gelegten Ebenen mögen die Brennpunktsebenen heissen. Jene Formeln des 6 Art. zeigen zugleich, dafs allen Strahlen, die sich in irgend einem andern Punkte der ersten Brennpunktsebene kreuzen, ausfahrende entsprechen, die gegen die Axe geneigt, aber unter sich parallel sind, und umgekehrt, dafs allen unter sich aber nicht mit der Axe parallelen einfallenden Strahlen solche ausfahrende entsprechen, die sich in einem von F^* verschiedenen Punkte der zweiten Brennpunktsebene kreuzen.

9.

Mit Hülfe dieser vier Ebenen gelangen wir zu einer sehr einfachen Construction für die Lage des ausfahrenden Strahls.

Es schneide der einfallende Strahl die erste Brennpunktsebene in dem
Punkte (1), die erste Hauptebene in dem Punkte (2); eine Parallele mit (1)(2)
durch F gezogen treffe die erste Hauptebene in (3); eine Parallele mit der
Axe durch (2) treffe die zweite Hauptebene in (4); endlich eine Parallele mit
der Axe durch (3) treffe die zweite Brennpunktsebene in (5). Dann gibt
(4)(5) oder (5)(4) die Lage des ausfahrenden Strahls. Es sind nemlich die
Werthe der Coordinaten

für	x	y	z
(1)	F	B'	C'
(2)	E	B	C
F	F	0	0
(3)	E	$B - B'$	$C - C'$
(4)	E^*	B	C
(5)	F^*	$B - B'$	$C - C$

Aus den Formeln des 6 Art. folgt also, dafs der ausfahrende Strahl durch
(4) und (5) geht; das erstere unmittelbar, das andere, weil

$$B - B' = \frac{\zeta^0}{n^0}(E - F) = -\frac{\zeta^0}{k}$$

$$C - C' = \frac{\gamma^0}{n^0}(E - F) = -\frac{\gamma^0}{k}$$

In dem gewöhnlichsten Falle, wo $n^* = n^0$, also $F^* - E^* = E - F$,
wird die Construction noch einfacher, weil der Punkt (3) überflüssig wird;
man braucht nur (1), (2), (4) wie vorhin zu bestimmen, und (4)(5) mit (1)(2)
parallel zu ziehen.

Geht die Richtung des einfallenden Strahls, durch E, so geht allemahl
die Richtung des ausfahrenden durch E^*, und ist, in dem Falle, wo $n^* = n^0$
ist, zugleich jener parallel. Man pflegt (bei einfachen Linsen) einen solchen
Strahl einen Hauptstrahl zu nennen.

Die Entfernungen der zweiten Brennpunktsebene von der zweiten Hauptebene, und der ersten Hauptebene von der Ebene des ersten Brennpunkts, oder die

Größen $-\frac{n^*}{k}$, $-\frac{n^0}{k}$ könnte man die Brennweiten des Systems der Mittel

nennen, wenn es nicht angemessener schiene, den Gebrauch dieser Beuennung auf den Fall zu beschränken, wo das letzte Mittel dasselbe ist, wie das erste, also jene Entfernungen unter sich gleich sind. Um dem gewöhnlichen Sprachgebrauche conform zu bleiben, sehen wir die Brennweite als positiv an, wenn dem ersten Hauptpunkte eine gröfsere Coordinate entspricht, als dem ersten Brennpunkte, so, dafs die Brennweite immer durch $- \frac{n^0}{k} = - \frac{n^*}{k}$ ausgedrückt wird.

10.

In den oben Art. 4 für den Platz des Bildes gegebenen Formeln ist es wie man leicht sieht verstattet, anstatt N, N^* andere Punkte zu setzen, wenn man nur zugleich anstatt g, h, k, l die entsprechenden G, H, K, L substituirt. Indem wir dazu die Hauptpunkte wählen, erhalten wir folgende Ausdrücke:

$$\xi^* = E^* - \frac{n^* (E - \xi)}{n^0 + k(E - \xi)}$$

$$\eta^* = \frac{n^0 \, \eta}{n^0 + k(E - \xi)}$$

$$\zeta^* = \frac{n^0 \, \zeta}{n^0 + k(E - \xi)}$$

Der ersten Formel kann man auch folgende Gestalt geben

$$\frac{n^*}{\xi^* - E^*} + \frac{n^0}{E - \xi} = - k$$

Wählen wir die Brennpunkte, so erhalten wir

$$\xi^* = F^* + \frac{n^0 n^*}{kk \, (F - \xi)}$$

$$\eta^* = - \frac{n^0 \eta}{k \, (F - \xi)}$$

$$\zeta^* = \frac{n^0 \zeta}{k \, (F - \xi)}$$

Wegen des häufigen Gebrauchs mögen die Formeln auch noch in der Gestalt hier stehen, die sie annehmen, wenn das erste und das letzte Mittel gleich sind, und die Brennweite mit φ bezeichnet wird.

$$\frac{1}{\xi^* - E^*} + \frac{1}{\xi - E} = \frac{1}{\varphi}$$

$$(\xi^* - F^*)(F - \xi) = \varphi\,\varphi$$

$$\eta^* = -\frac{\varphi\,\eta}{F - \xi} = -\frac{\eta\,(\xi^* - F^*)}{\varphi}$$

$$\zeta^* = -\frac{\varphi\,\zeta}{F - \xi} = -\frac{\zeta\,(\xi^* - F^*)}{\varphi}$$

11.

Die vier Hülfspunkte E, E^*, F, F^* verlieren ihre Anwendbarkeit in dem besondern Falle, wo $k = 0$ ist, also jene Ponkte als unendlich entfernt von den brechenden Flächen betrachtet werden müfsten. Man kann sich in diesem Falle unmittelbar an die allgemeinen zur Auflösung der Hauptaufgaben oben mitgetheilten Formeln halten, welche hier folgende Gestalt annehmen.

Wenn die Gleichungen für den einfallenden Strahl so ausgedrückt sind

$$y = \frac{\beta^0}{n^0}(x - N^0) + b^0$$

$$z = \frac{\gamma^0}{n^0}(x - N^0) + c^0$$

so sind die für den ausfahrenden

$$y = \frac{l\beta^0}{n^*} \cdot (x - N^*) + g\,b^0 + h\,\beta^0$$

$$z = \frac{l\gamma^0}{n^*} \cdot (x - N^*) + g\,c^0 + h\,\gamma^0$$

Setzt man zur Abkürzung

$$N^* - \frac{h\,n^*}{l} = N^{**}$$

oder, was dasselbe ist, weil $gl = 1$,

$$N^* - g\,h\,n^* = N^{**}$$

so erscheinen diese Formeln noch einfacher, nemlich

$$y = \frac{l\beta^0}{n^*} \cdot (x - N^{**}) + g\,b^0$$

$$z = \frac{l\gamma^0}{n^*} \cdot (x - N^{**}) + g\,c^0$$

Für den Platz des Bildes desjenigen Punktes, dessen Coordinaten ξ, η, ζ sind, erhalten wir die Coordinaten

$$\xi^* = N^* - g h n^* - \frac{n^*}{n^0} g g (N^0 - \xi)$$

$$= N^{**} - \frac{n^*}{n^0} g g (N^0 - \xi)$$

$$\eta^* = g \eta$$
$$\zeta^* = g \zeta$$

Es erhellet hieraus, daß der Punkt der Axe der x, welcher in Gemäßheit der von uns immer gebrauchten Bezeichnungsart mit N^{**} zu bezeichnen ist, das Bild des Punktes N^0 vorstellt, und daß das Linearverhältniß der Theile eines zusammengesetzten Bildes zum Object constant, nemlich wie g zu 1 oder wie 1 zu l ist.

12.

Der im vorhergehenden Artikel betrachtete Fall kommt vor bei einem Fernrohre, dessen Gläser für ein weitsichtiges Auge und für das deutliche Sehen unendlich entfernter Gegenstände gestellt sind. Aus obigen Formeln erhellet, daß die Richtung des ausfahrenden Strahls bloß von der Richtung des einfallenden abhängt, daß also parallel unter sich einfallenden Strahlen auch parallel ausfahrende entsprechen, und daß die Tangente der Neigung der erstern gegen die Axe sich zu der Tangente der Neigung der letztern verhält, wie 1 zu l. Die Zahl $l = \frac{1}{g}$ ist also das, was man die Vergrößerung des Fernrohrs nennt, und ihr positives oder negatives Zeichen bedeutet die aufrechte oder verkehrte Erscheinung. Läßt man die einfallenden und ausfahrenden Strahlen ihre Funktionen vertauschen, indem man den Gegenständen die Ocularseite zuwendet, so erscheinen sie in demselben Verhältnisse verkleinert, und hierauf gründet sich das eben so bequeme als scharfe Verfahren zur Bestimmung der Vergrößerung eines Fernrohrs, welches ich 1823 im 2 Bande der *Astronomischen Nachrichten* mitgetheilt habe.

Eine andere Methode, die Vergrößerung zu bestimmen, beruht auf der Vergleichung eines Gegenstandes mit seinem Bilde nach dem linearen Verhältnisse. Ramsdens Dynameter ist nichts anderes, als eine Vorrichtung, den Durchmesser des in N^{**} fallenden Bildes der kreisrunden Begrenzung des Objectivs zu messen, wobei man sich natürlich erst vergewissern muß, daß dieses Bild wirklich erscheint, und nicht etwa durch eine innere Blendung verdeckt ist. Auch muß das Bild ein reelles sein, wozu erforderlich ist, daß $g h n^{*}$ negativ wird: bei einem Galileischen Fernrohr, wo dieses Bild nur ein virtuelles ist, würde man ein genaues Resultat nur mit einem mikrometrischen Mikroskope erlangen können, welches auch in allen Fällen, wo man eine größere Schärfe wünscht, den Vorzug verdienen würde. Übrigens erhellet aus dem vorhergehenden Artikel, daß eben so gut ein schickliches vom Objectiv entferntes Object gebraucht werden kann, so lange nur die Entfernung nicht so groß wird, daß das Bild aufhört ein reelles oder mit dem Mikroskope erreichbares zu sein. Endlich mag noch bemerkt werden, dass der Punkt N^{**} derjenige ist, welcher in der Theorie der Fernröhre mit der Benennung Ort des Auges belegt wird.

13.

Um die allgemeinen Vorschriften des 2 Artikels auf den Fall einer einfachen Glaslinse anzuwenden, bezeichnen wir das Brechungsverhältniß beim Übergange aus Luft in Glas mit n 1; die Halbmesser der ersten und zweiten Fläche mit $(n - 1) f$ und $(n - 1) f'$; die Dicke der Linse mit ne. Wir haben also anstatt der dortigen Bezeichnungen

$$
\begin{aligned}
n^{0} \quad &hier \quad 1\\
n' \quad & \quad n\\
n'' \dots\; & \quad 1\\
t' \quad & \quad e\\
u^{0} \quad & \quad -\frac{1}{f}\\
u' \dots\; & \quad -\frac{1}{f'}
\end{aligned}
$$

und folglich

$$g = 1 + u^0 t' = \frac{f - e}{f}$$

$$h = t' = e$$

$$k = u^0 + u' + t'u^0u' = -\frac{f+f'-e}{ff'}$$

$$l = 1 + u't' = \frac{f'-e}{f'}$$

Für die Brennweite φ haben wir also nach Art. 9

$$\varphi = \frac{ff'}{f+f'-e}$$

für die beiden hier mit E, E' zu bezeichnenden Hauptpunkte nach Art. 6

$$E = N^0 + \frac{ef}{f+f'-e} = N^0 + \frac{e\varphi}{f'}$$

$$E' = N' - \frac{ef}{f+f'-e} = N' - \frac{e\varphi}{f}$$

und für die beiden Brennpunkte F, F'

$$F = E - \varphi = N^0 - \frac{f(f'-e)}{f+f'-e}$$

$$F' = E' + \varphi = N' + \frac{f'(f-e)}{f+f'-e}$$

Für den Durchschnittspunkt der (nöthigenfalls vorwärts oder rückwärts verlängerten) geraden Linie, welche ein Hauptstrahl im Innern der Linse be-
schreibt, mit der Axe findet man leicht

$$x = N^0 + \frac{nef}{f+f'} = N' - \frac{uef'}{f+f'}$$

Diesen Punkt, welcher also von der Neigung des Hauptstrahls unabhängig ist,
nennen einige Schriftsteller den optischen Mittelpunkt der Linse, eine Aus-
zeichnung, welche dieser sonst gar keine merkwürdigen Eigenschaften darbietende Punkt kaum verdient haben möchte, und die hie und da zu dem
Irrthum verleitet zu haben scheint, als ob die einfachen Relationen zwischen
Bild und Object, welche bei einer unendlich dünnen Linse Statt finden, sich
auf eine Linse von endlicher Dicke blofs durch Beziehung auf jenen Mittelpunkt übertragen liefsen, während diese Übertragung, wie oben gezeigt ist, nur
dann gültig ist, wenn das Object auf den ersten, das Bild auf den zweiten
Hauptpunkt bezogen wird. Bei einem Systeme von mehrern Linsen, also
schon bei einem achromatischen Doppelobjective, kann ohnehin von einem

Mittelpunkte in jenem Sinne gar nicht die Rede sein. Will man die Benennung beibehalten, so würde ich für angemessener halten, sie demjenigen Punkte beizulegen, welcher zwischen den beiden Hauptpunkten (mithin auch zwischen den beiden Brennpunkten) in der Mitte liegt, und der mit jenem Punkte nur dann zusammenfällt, wenn die Linse gleichseitig ist. Dieser Punkt hat die praktisch nützliche Eigenschaft, durch Umwenden der Linse leicht und mit Schärfe bestimmbar zu sein; denn offenbar ist es dieser Punkt, der beim Umwenden wieder den vorigen Platz einnehmen muſs, wenn der Platz des Bildes von einem festen Objecte ungeändert bleiben soll.

Es mag hier noch bemerkt werden, daſs die Entfernung der beiden Hauptpunkte von einander

$$E' - E = ne - \frac{e\,(f + f')}{f + f' - e} = (n - 1)\,e - \frac{ee}{f + f' - e}$$

wird, also, insofern gewöhnlich e gegen $f + f' - e$ sehr klein ist, von $(n - 1)\,e$ oder von der durch $\frac{n - 1}{n}$ multiplicirten Dicke der Linse kaum merklich verschieden ist.

14.

An die Stelle der allgemeinen Formeln des 2 Art., durch welche aus dem Wege des einfallenden Lichtstrahls der Weg des ausfahrenden bestimmt wird, lassen sich für den Fall eines Systems von Linsen auf einer gemeinschaftlichen Axe bequemere setzen, indem man, anstatt der ¡Halbmesser der einzelnen brechenden Flächen und ihrer gegenseitigen Abstände, die Brennweiten der einzelnen Linsen und die Entfernungen ihrer zweiten Hauptpunkte von den ersten der folgenden Linsen einführt. Die neuen Formeln werden denen des 2 Art. ganz ähnlich, enthalten aber nur halb so viele Elemente. Da ihre Ableitung aus dem Vorhergehenden sehr leicht ist, so wird es hinreichend sein, sie in gebrauchfertiger Form hieher zu setzen.

Wir bezeichnen die Brennweiten der einzelnen auf einander folgenden Linsen mit φ^0, φ', φ'' u. s. f.; ihre Hauptpunkte hier, abweichend von der bisherigen Bezeichnungsart, die ersten mit E^0, E', E'' u. s. f., die zweiten mit I^0, I', I'' u. s. f. Zur Abkürzung schreiben wir

$$- \frac{1}{\varphi^0} = u^0, \quad - \frac{1}{\varphi'} = u', \quad - \frac{1}{\varphi''} = u'' \text{ u. s. f.}$$

$$E' - I^0 = t', \quad E'' - I' = t'', \quad E''' - I'' = t''' \text{ u. s. f.}$$

die letzten Glieder in diesen Reihen mögen als solche durch ein Sternchen ausgezeichnet werden.

Setzt man nun die Gleichungen für den einfallenden Strahl in die Form

$$y = \mathfrak{C}^0 (x - E^0) + b^0$$
$$z = \gamma^0 (x - E^0) + c^0$$

für den ausfahrenden hingegen in folgende

$$y = \mathfrak{C}^* (x - I^*) + b^*$$
$$z = \gamma^* (x - I^*) + c^*$$

so wird, wenn die vier Gröfsen g, h, k, l durch Formeln bestimmt werden, die mit den im 2 Art. als (5) bezeichneten ganz identisch sind,

$$b^* = g b^0 + h \mathfrak{C}^0, \quad c^* = g c^0 + h \gamma^0$$
$$\mathfrak{C}^* = k b^0 + l \mathfrak{C}^0, \quad \gamma^* = k c^0 + l \gamma^0$$

Für die beiden Hauptpunkte des Linsensystems, als Ganzes betrachtet, wird

$$\text{für den ersten} \quad x = E^0 - \frac{1 - l}{k}$$

$$\text{für den zweiten} \quad x = I^* + \frac{1 - g}{k}$$

Ferner wird für die beiden Brennpunkte des Linsensystems

$$\text{für den ersten} \quad x = E^0 + \frac{l}{k}$$

$$\text{für den zweiten} \quad x = I^* - \frac{g}{k}$$

$$\text{die Brennweite selbst ist} = - \frac{1}{k}$$

Die Formeln für den Fall, wo das System nur aus zwei Linsen besteht, verdienen noch besonders hergeschrieben zu werden. Man hat nemlich

$$g = \frac{\varphi^0 - t'}{\varphi^0}$$

$$h = - \frac{1}{\varphi^0}$$

$$k = - \frac{\varphi^0 + \varphi' - \iota'}{\varphi\,\varphi'}$$

$$l = \frac{\varphi' - \iota'}{\varphi'}$$

Die Werthe von x für die beiden Hauptpunkte sind

$$E^0 + \frac{\iota'\varphi^0}{\varphi^0 + \varphi' - \iota'} \quad \text{und} \quad \varGamma' - \frac{\iota'\varphi'}{\varphi^0 + \varphi' - \iota'}$$

und die Brennweite

$$= \frac{\varphi^0\varphi'}{\varphi^0 + \varphi' - \iota}$$

Man sieht, dafs diese Formeln denen ganz analog sind, die im 13 Artikel für die Bestimmung der Hauptpunkte und der Brennweite einer einfachen Linse gegeben sind, indem an die Stelle der dortigen f^0, f', e hier die Gröfsen φ^0, φ', ι' treten.

Die Entfernung der beiden Hauptpunkte von einander wird in dem Fall zweier Linsen

$$= \varGamma' - E^0 - \frac{\iota'(\varphi^0 + \varphi')}{\varphi^0 + \varphi' - \iota'}$$

$$= \varGamma^0 - E^0 + \varGamma' - E' - \frac{\iota'\iota'}{\varphi^0 + \varphi' - \iota'}$$

Ist ι' sehr klein, wie bei achromatischen Doppellinsen von der gewöhnlichen Einrichtung immer der Fall ist, so wird das letzte Glied unbedeutend, und daher die Entfernung der beiden Hauptpunkte von einander für eine solche Doppellinse als Ganzes betrachtet sehr nahe der Summe der beiden Werthe gleich, welche diese Entfernung in den Linsen, einzeln genommen, hat.

Übrigens ist von selbst klar, dafs die sämmtlichen, in dem gegenwärtigen Artikel aufgeführten Formeln ohne alle Veränderung anf den Fall übertragen werden können, wo anstatt einfacher Linsen partielle Systeme von Linsen zu Einem ganzen Systeme vereinigt werden sollen.

15.

Die optischen Erscheinungen sowohl durch eine einfache Linse, als durch ein System von mehreren auf gemeinschaftlicher Axe, hängen, wie wir gezeigt haben, von drei Elementen ab, welche durch das Brechungsverhältnifs (oder durch die Brechungsverhältnisse, wenn sie für die verschiedenen Linsen verschieden sind), und die Lagen und Halbmesser der brechenden Flächen bestimmt sind: da jedoch diese Gröfsen gewöhnlich unmittelbar nicht bekannt sind, so bleibt noch übrig, einiges über die Methode zu sagen, durch welche umgekehrt aus beobachteten Erscheinungen jene drei Elemente abgeleitet werden können. Wir bezeichnen die verschiedenen hiebei in Frage kommenden Punkte der Axe auf folgende Weise:

ξ ein Object; ξ' dessen Bild; F der erste, F' der zweite Brennpunkt; E der erste, E' der zweite Hauptpunkt; endlich D ein mit der Linse (oder dem Linsensystem) in fester Verbindung stehender Punkt. Mit denselben Buchstaben werden, wie immer, die Coordinaten dieser Punkte in jedem Versuche bezeichnet. Wir setzen ferner die Brennweite $= f$; und die Entfernung des Punktes D von den Brennpunkten, $D - F = p$, $F' - D = q$. Die drei Gröfsen f, p, q können als die Elemente der Linse betrachtet werden, und zu ihrer Ausmittelung werden also immer drei Versuche erforderlich sein, indem in drei verschiedenen Lagen des Objects und seines Bildes gegen die Linse die Entfernungen derselben von dem Punkte D gemessen werden müssen, welche Aufgabe wir zuvörderst ganz allgemein auflösen wollen.

Die Werthe von $D - \xi$ und $\xi' - D$ seien in einem Versuche a, b; in einem zweiten a', b'; in einem dritten a'', b''. Die allgemeine Gleichung

$$(F - \xi)(\xi' - F') = ff$$

gibt uns demnach

$$(a - p)(b - q) = ff$$
$$(a' - p)(b' - q) = ff$$
$$(a'' - p)(b'' - q) = ff$$

woraus durch Elimination leicht gefunden wird

$$p = a - \frac{(a' - a)(a'' - a)(b' - b'')}{R}$$

$$q = b - \frac{(b - b')(b - b'')(a'' - a')}{R}$$

$$ff = \frac{(a' - a)(a'' - a)(a'' - a')(b - b')(b - b'')(b' - b'')}{RR}$$

indem zur Abkürzung

$$(a'' - a)(b - b') - (a' - a)(b - b'') = R$$

geschrieben wird. Man kann R auch in folgende Form setzen

$$R = (a'' - a')(b - b') - (a' - a)(b' - b'')$$
$$= (a'' - a')(b - b'') - (a'' - a)(b' - b'')$$

so wie p und q in folgende

$$p = a' - \frac{(a' - a)(a'' - a')(b - b'')}{R}$$
$$= a'' - \frac{(a'' - a)(a'' - a')(b - b')}{R}$$
$$q = b' - \frac{(b - b')(b' - b'')(a'' - a)}{R}$$
$$= b'' - \frac{(b - b'')(b' - b'')(a' - a)}{R}$$

16.

Der allgemeinen im vorhergehenden Artikel gegebenen Auflösung müssen noch einige Bemerkungen beigefügt werden.

I. Es ist vorausgesetzt, daſs in den drei Versuchen das Object auf einer und derselben Seite der Linse liegt. Findet man zweckmäſsig, in einem der Versuche die Linse in verkehrter Lage anzuwenden, so kann man sich denselben so vorstellen, als ob das Bild der Gegenstand und der Gegenstand das Bild wäre, wodurch dieser Fall auf den vorigen zurückgeführt wird.

II. Für sich allein betrachtet, läſst die Formel für ff noch unbestimmt, ob f positiv oder negativ zu nehmen sei: dieſs entscheidet sich aber schon durch die aufrechte oder verkehrte Stellung des Bildes, indem $\xi' - F$ und f im ersten Fall entgegengesetzte, im zweiten gleiche Zeichen haben müssen. Auch darf nicht unbemerkt bleiben, daſs bei aller Allgemeingültigkeit der analytischen Auflösung doch die praktische Anwendbarkeit auf den Fall wirklicher Bilder (also für einzelne Linsen auf positive Brennweiten) beschränkt bleibt, wenn nicht besondere Hülfsmittel zur Bestimmung des Platzes virtueller Bilder zugezogen werden.

III. Da die Ausführung der Versuche immer nur einen gewissen beschränkten Grad von Schärfe zuläfst, so ist es für die Zuverlässigkeit der Resultate keinesweges gleichgültig, was für Combinationen gewählt werden. Im Allgemeinen kann als Regel gelten, dafs durch drei Versuche, von denen zwei unter wenig verschiedenen Umständen gemacht sind, jedenfalls nicht alle drei Elemente mit Schärfe bestimmt werden können.

17.

An einer einfachen Linse sowohl, als an einer solchen, die aus zweien oder mehrern sehr nahe zusammenliegenden zusammengesetzt ist (wie an achromatischen Objectiven von der gewöhnlichen Einrichtung), stehen die beiden Hauptpunkte in geringer Entfernung von einander. Dürfte man diese Entfernung $E' - E = \lambda$ wie eine bekannte Gröfse betrachten, so würden zwei Versuche zureichend sein, indem die Gleichung

$$p + q = 2f + \lambda$$

die Stelle des dritten Versuches vertritt. Verbindet man mit derselben die beiden andern

$$(a - p)(b - q) = ff$$
$$(a' - p)(b' - q) = ff$$

so erhält man nach der Elimination von p und q zur Bestimmung von f die Gleichung

$$\frac{a' + b' - a - b}{(a' - a)(b - b')} \cdot ff + 2(a + b + a' + b' - 2\lambda) f$$
$$- (a + b' - \lambda)(a' + b - \lambda) = 0$$

Diese quadratische Gleichung geht in eine lineare über, wenn $a + b' - a' - b = 0$ wird, d. i. wenn die beiden Versuche so angeordnet sind, dafs die Entfernung des Bildes vom Objecte in beiden dieselbe bleibt, während die Linse darin zwei verschiedene Stellen einnimmt. Es sei diese Entfernung $= c$, also $a = c - b$, $a' = c - b'$; dadurch wird

$$4 (c - \lambda) f = (c - \lambda + b' - b) (c - \lambda - b' + b)$$

oder

$$f = \tfrac{1}{4}(c - \lambda) - \frac{(b' - b)^2}{4 (c - \lambda)}$$

Für jeden vorgeschriebenen Werth von c muſs nemlich $F - \xi$ der Gleichung

$$F - \xi + \frac{ff}{F - \xi} = F - \xi + \xi' - F = c - 2f - \lambda$$

Genüge leisten, deren zwei Wurzeln,

$$F - \xi = \tfrac{1}{2} (c - 2f - \lambda) + \tfrac{1}{2} \sqrt{(c - 4f - \lambda) (c - \lambda)}$$
$$F - \xi = \tfrac{1}{2} (c - 2f - \lambda) - \tfrac{1}{2} \sqrt{(c - 4f - \lambda) (c - \lambda)}$$

reell und ungleich sind, wenn c gröſser ist, als $4f + \lambda$, so daſs es dann für ein festes Object ξ immer zwei verschiedene Lagen der Linse gibt, bei welchen das Bild mit dem Punkte $\xi + c$ zusammenfällt. Das Product dieser beiden Werthe von $F - \xi$, d. i. $(a - p) (a' - p)$ wird $= ff$, woraus zugleich erhellet, daſs $a' - p = b - q$ und $b' - q = a - p$ wird, folglich

$$p = \tfrac{1}{2} (2f + c + \lambda - b - b')$$
$$q = \tfrac{1}{2} (2f - c + \lambda + b + b')$$
$$E = D + \tfrac{1}{2} (b + b' - c) - \tfrac{1}{2} \lambda$$
$$E' = D + \tfrac{1}{2} (b + b' - c) + \tfrac{1}{2} \lambda$$

18.

Bei derjenigen Stellung der Linse, wo $F - \xi = f$ wird, ist $\xi' - \xi = 4f + \lambda$, oder das Bild in der kleinsten Entfernung vom Gegenstande; es entfernt sich von demselben, sobald man die Linse aus jener Stellung nach der einen oder nach der andern Seite wegrückt, aber offenbar anfangs sehr langsam. Es folgt daraus, daſs wenn für c ein die Gröſse $4f + \lambda$ nur wenig überschreitenden Werth gewählt ist, die Versuche zur Ausmittelung der beiden erforderlichen Stellungen der Linse oder der Werthe von b und b' nur eine vergleichungsweise geringe Schärfe zulassen. Diese Unsicherheit fällt in ihrer ganzen Stärke auf die Bestimmung von E und E', daher zu diesem Zweck die Anwendung des Verfahrens unter solchen Umständen nicht wohl zu gebrauchen ist. Anders aber verhält es sich, wenn es nur darauf ankommt, die Brennweite zu bestimmen, wo die Schärfe durch jenen Umstand Nichts verliert, weil in den Ausdruck für f nur das Quadrat von $b' - b$ eintritt. Die Ausübung des Verfahrens ist überdiefs in diesem Falle um so bequemer, weil aufser der Distanz c nur die Gröfse der Verschiebung der Linse $b' - b$ gemessen zu werden braucht, also die absoluten Werthe von b und b' unnöthig sind.

19.

Wenn man λ ganz vernachlässigt, also

$$f = \tfrac{1}{4} c - \frac{(b' - b)^2}{4 c}$$

setzt, so kommt das beschriebene Verfahren mit demjenigen überein, welches Bessel im 17 Bande der Astronomischen Nachrichten vorgeschlagen, und auf die Bestimmung der Brennweite des Objectivs des Königsberger Heliometers angewandt hat. Die strenge Formel zeigt, dafs bei der Vernachlässigung von λ die Brennweite um

$$\tfrac{1}{4} \lambda + \frac{\lambda (b' - b)^2}{4 c (c - \lambda)}$$

zu grofs gefunden wird, wo der zweite Theil unter den erwähnten Umständen als unmerklich betrachtet werden kann. Zur Gewinnung eines der Schärfe, welche das Verfahren an sich verstattet, angemessenen Resultats bleibt daher die Berücksichtigung von λ wesentlich nothwendig: nur hat es einige Schwierigkeit, sich eine genaue Kenntnifs dieser Gröfse zu verschaffen. Für eine einfache Linse wird es hinlänglich sein, aus der gemessenen Dicke derselben und dem nothdürftig bekannten Brechungsverhältnisse für λ den oben Art. 13 gegebenen Näherungswerth zu berechnen. Auch für eine achromatische Doppellinse mag man allenfalls, in sofern man sich eine genaue Kenntnifs von der Dicke jedes einzelnen Bestandtheils verschaffen kann, sich des oben Art. 14 angeführten genäherten Werthes bedienen. Um wenigstens ungefähr eine Vorstellung von dem Einflusse, welchen die Vernachlässigung von λ haben kann, zu erhalten, wollen wir, Beispiels halber, ein Objectiv betrachten, wo die Dicke der Kronglaslinse 7 Linien, die Dicke der Flintglaslinse 3

Linien beträgt, und das Brechungsverhältnifs für die erstere zu 1,528, für
die andere zu 1,618 annehmen. Dadurch wird die Entfernung der beiden
Hauptpunkte von einander näherungsweise

für die Kronglaslinse   2,42
für die Flintglaslinse   1,15
und für die zusammengesetzte Linse   3,57 Linien

also die Brennweite um 0,89 Linien zu grofs. An einem Objective von 8
Fufs Brennweite, dem die vorausgesetzten Dimensionen zukämen, würde also

der Fehler etwa $\frac{1}{1300}$ des Ganzen betragen.

20.

Wenn man die im vorhergehenden Art. angegebene Bestimmungsart von
λ nicht anwenden kann, oder sich nicht damit begnügen will, so scheint
folgender Weg am zweckmäfsigsten, um durch unmittelbare Versuche dazu
zu gelangen.

Man bestimme den Platz des Bildes eines sehr entfernten Gegenstandes
(so gut man kann in der Axe der Linse) relativ gegen den Punkt D. In
sofern man die Entfernung des Objects als unendlich grofs betrachten kann,
fällt dieses Bild in F', und der gemessene Abstand $F' - D$ gibt also unmittelbar q. Man wiederhohle den Versuch, indem man die Linse umkehrt,
wo also das Bild in F fallen, und seine Entfernung von D den Werth von
p geben wird. Für den dritten Versuch bringe man das Object (auf der
Seite von F) der Linse möglichst nahe, bestimme die Entfernung des Bildes
von diesem Object $= \xi' - \xi$, und zugleich die Entfernung $D - \xi = a''$,
und setze $\xi' - D = \xi' - \xi - a'' = b''$. Man hat folglich

$$(p - a'')\,(q - b'') = ff \text{ oder}$$

$$\lambda = p + q - 2\sqrt{(p - a'')\,(q - b'')}$$

Hat man die Messungen in allen drei Versuchen mit gröfster Schärfe ausfüh-
ren können, so sind dadurch allein schon alle drei Elemente p, q, f hinlänglich genau bestimmt, und es bedarf keiner andern weiter. Wünscht man
aber f mit einer noch gröfsern Schärfe zu erhalten, so hat man jene Ver-

suche nur als eine Vorbereitung zu dem Verfahren des 18 Artikels zu betrachten, die den Werth von λ liefert. Um klarer zu übersehen, von welchen Momenten die Schärfe in der so erhaltenen Bestimmung von λ hauptsächlich abhängt, setzen wir obige Formel für λ in folgende Gestalt

$$\lambda = a'' + b'' + \frac{(p - a'' - \sqrt{(p - a'')(q - b'')})^2}{p - a''}$$

und erwägen, daſs $p - a'' - \sqrt{(p - a'')(q - b'')}$ den Abstand des Objects im dritten Versuche vom ersten Hauptpunkte, $p - a''$ hingegen den Abstand jenes Objects vom ersten Brennpunkte vorstellt. Es erhellet daraus, daſs unter den Statt habenden Umständen der letzte Theil der Formel für λ nur sehr klein wird, und sein berechneter Werth von kleinen Ungenauigkeiten in den Werthen von p, q, a'', b'' nur wenig afficirt wird, also die Schärfe der Bestimmung von λ hauptsächlich nur von der Schärfe der Messung von $\xi' - \xi = a'' + b''$ abhängt.

21.

In Beziehung auf das im vorhergehenden Artikel angegebene Verfahren verdienen ein Paar Bemerkungen hier noch einen Platz.

I. Zur Ausführung des dritten Versuchs, wo das Bild nur ein virtuelles wird, reichen die sonst anwendbaren Mittel nicht aus: folgende Methode vereinigt aber Bequemlichkeit und Schärfe. Auf einer ebenen Fläche wird eine Kreislinie beschrieben, so groſs oder wenig gröſser als der vorspringende Rand der Fassung des Glases, und der Mittelpunkt dieses Kreises durch zwei zarte Kreuzlinien bezeichnet. Das Glas wird mit der Fassung so auf die Fläche gelegt, daſs jene mit der Kreislinie concentrisch ist; dann ein zusammengesetztes an einem festen Stative befindliches und mit einem Fadenkreuze versehenes Mikroskop senkrecht darüber gestellt, und in seiner Hülse so verschoben, bis das Bild der Kreuzlinie genau mit dem Fadenkreuze zusammenfällt; endlich wird das Glas weggenommen, und das Mikroskop durch Verschieben in der Hülse der Ebene genähert, bis das Bild der Kreuzlinie abermahls mit dem Fadenkreuze des Mikroskops zusammenfällt. Die leicht auf irgend eine Weise scharf zu messende Gröſse der letztern Verschiebung ist die Entfernung des Objects (der Kreuzlinie) von seinem durch die Glaslinse producirten Bilde $= \xi' - \xi$. Der Punkt der Axe der Linse, welcher in der den vorspringenden Rand der Fassung berührenden Ebene liegt, kann man als den festen Punkt D selbst annehmen, in welchem Falle $a'' = 0$, $b'' = \xi' - \xi$ wird, oder, wenn ein anderer Punkt D gewählt war, diesen mit jenem durch leicht sich darbietende Mittel vergleichen, um a'' zu finden.

II. Wenn die Entfernung des für den ersten und zweiten Versuch benutzten Gegenstandes, zwar grofs, aber doch nicht grofs genug ist, um sein Bild als mit dem Brennpunkte ganz zusammenfallend betrachten zu können, so ist eine Reduction nöthig, welche man erhält, indem man das Quadrat der Brennweite mit der Entfernung des Gegenstandes dividirt, und diese Reduction ist von den Abständen des Bildes von dem Punkte D abzuziehen, um die Gröfsen q und p genau zu erhalten: offenbar ist dazu nur eine grob genäherte Kenntnifs der Brennweite und der Entfernung nöthig, insofern letztere sehr grofs ist. Indessen kann man diese Reduction eben so leicht durch directe strenge richtige Formeln bestimmen. Es sei für den ersten Versuch a der Werth von $D - \xi$, b der Werth von $\xi' - D$; für den zweiten Versuch hingegen (wo die Linse in verkehrter Stellung angewandt wird) bezeichne man die Entfernung $D - \xi$ mit b', und $\xi' - D$ mit a'. Auf diese Weise (die mit der Art. 16, I angegebenen auf Eins hinausläuft) erreichen wir den Vortheil, dafs die für die drei Versuche Statt findenden Gleichungen

$$(a \;\; - p)\,(b - q) = ff$$
$$(b' - q)\,(a' - p) = ff$$
$$(a'' - p)\,(b'' - q) = ff$$

gleichlautend mit denen sind, von welchen wir im 15 Art. ausgingen, und also auch die durch Elimination daraus abgeleiteten Formeln ihre Gültigkeit behalten. Ist man bei der Ausführung des zweiten Versuches so zu Werke gegangen, dafs der Ort des Bildes im Raume derselbe ist wie im ersten Versuche (was leicht geschehen kann, obwohl der Erfolg bei der vorausgesetzten grofsen Entfernung des Gegenstandes gar nicht merklich abgeändert wird, wenn man es damit nicht ängstlich genommen hat), so wird $a + b = b' + a'$, welche Gröfse wir mit c bezeichnen, und die Formeln des 15 Art. erhalten dadurch noch einige Vereinfachung. Es wird nemlich, aus der zweiten Formel für p und der ersten für q,

$$p = a' - \frac{(a' - a'')(b - b'')}{c - a'' - b''},$$

$$q = b - \frac{(a' - a'')(b - b'')}{c - a'' - b''}.$$

III. Wenn man auch das Verfahren des 20 Art. nicht zur vollständigen Bestimmung der Elemente gebrauchen, sondern die schärfste Bestimmung der Brennweite der Methode des 17 Art. vorbehalten will, so bleibt doch jenes zugleich das geeignetste, um die Lage der beiden Hauptpunkte festzusetzen. Es wird nemlich

$$E = D + \tfrac{1}{2}(q - p) - \tfrac{1}{2}\lambda = D + \tfrac{1}{2}(b - a') - \tfrac{1}{2}\lambda$$
$$E' = D + \tfrac{1}{2}(q - p) + \tfrac{1}{2}\lambda = D + \tfrac{1}{2}(b - a') + \tfrac{1}{2}\lambda$$

22.

Für eine einfache Linse und, allgemein zu reden, auch für ein System von Linsen kann man der Brennweite einen bestimmten Werth und den Haupt- und Brennpunkten bestimmte Plätze nur in sofern beilegen, als von Lichtstrahlen von bestimmter Brechbarkeit die Rede ist; für Strahlen von anderer Brechbarkeit erhalten diese Punkte andere Plätze und die Brennweite einen andern Werth, und das nicht homogene Licht von Gegenständen erleidet daher beim Durchgange durch Gläser eine Farbenzerstreuung. Durch eine Zusammensetzung zweier oder mehrerer Linsen aus verschiedenen Glasarten läfst sich diese Farbenzerstreuung aufheben: zur Vollkommenheit eines achromatischen Objectivs wird aber erforderlich sein, dafs Parallelstrahlen sich unabhängig von der Farbe in Einem Punkte vereinigen, und zwar nicht blofs solche, die parallel mit der Axe, sondern auch solche, die geneigt gegen die Axe einfallen, oder mit andern Worten, die verschiedenfarbigen Bilder eines ausgedehnten als unendlich entfernt betrachteten Gegenstandes müssen nicht blofs in Eine Ebene fallen, sondern auch gleiche Gröfse haben. Die erste Bedingung beruhet auf der Identität des zweiten Brennpunkts für verschiedenfarbige Strahlen, die zweite auf der Gleichheit der Brennweite, und da diese die Entfernung des zweiten Brennpunkts vom zweiten Hauptpunkte ist, so kann man auch die beiden Bedingungen dadurch ausdrücken, daſs beide Punkte zugleich für rothe und violette Strahlen dieselben sein müssen. Ist die erste Bedingung allein erfüllt, so geben die gegen die Axe geneigten Strahlen kein reines Bild; allein eine sehr geringe Ungleichheit der Brennweiten für verschiedenfarbige Strahlen wird immer als ganz unschädlich betrachtet werden dürfen.

In der Theorie der achromatischen Objective pflegt man nur die erste Bedingung zu berücksichtigen. Allein bei der gewöhnlichen Construction dieser Objective, wo die beiden Linsen entweder in Berührung oder in einem äuſserst geringen Abstande von einander sich befinden, wird die Lage der Hauptpunkte von der ungleichen Brechbarkeit der Lichtstrahlen so wenig afficirt, daſs die zweite Bedingung von selbst erfüllt ist, wenn nicht genau, doch so nahe, daſs eine merkliche Unvollkommenheit nicht daraus entstehen kann: auch läſst sich, wenn man es der Mühe werth hält, die Dicke der Linsen so berechnen, daſs eine genaue Identität des zweiten Hauptpunkts für ungleiche Strahlen Statt findet.

Anders verhält es sich hingegen, wenn die convexe Kronglaslinse von der concaven Flintglaslinse durch einen beträchtlichen Abstand getrennt ist. Es läſst sich leicht zeigen, daſs bei solchen Bestimmungen für diesen Abstand und die Brennweiten der einzelnen Linsen, wo der zweite Brennpunkt dieses Linsensystems für verschiedenfarbige Strahlen derselbe bleibt, die Brennweite dieses Systems für die violetten Strahlen nothwendig gröſser wird als für die rothen, und daſs der Unterschied von derselben Ordnung ist wie derjenige, der (im umgekehrten Sinn) bei einfachen Linsen Statt findet. Dasselbe gilt auch noch, wenn (wie bei den sogenannten dialytischen Fernröhren geschieht) anstatt der zweiten Linse eine Zusammensetzung aus einer Flintglaslinse und einer Kronglaslinse, in Berührung oder sehr geringem Abstande von einander, angenommen wird. Immer bleibt es unmöglich, auf diese Weise von einem ausgedehnten Objecte ein vollkommen farbenreines Bild hervorzubringen, indem das violette Bild, wenn es in demselben Abstande von dem Linsensysteme liegen soll wie das rothe, nothwendig gröſser wird, als das letztere.

Man darf jedoch hieraus keinesweges folgern, dafs Fernröhre von dieser letztern Einrichtung in Beziehung auf Achromatismus unvollkommener bleiben müssen, als Fernröhre mit achromatischen nach der gewöhnlichen Art construirten und ein völlig farbenreines Bild hervorbringenden Objectiven. Man kann vielmehr gerade umgekehrt behaupten, dafs jene bei einer wohlberechneten Anordnung der Oculare dem Auge das farbenreinere Bild zu geben fähig sind.

In der That kann ein vollkommen farbenreines vom Objectiv erzeugtes Bild (möge es ein wirkliches oder virtuelles sein) wegen der Farbenzerstreuung, welche durch die Oculargläser hervorgebracht wird, dem Auge nicht vollkommen rein erscheinen; man verhütet zwar durch besondere Anordnung der Oculare den sogenannten farbigen Rand, kann aber damit die Längenabweichung nicht aufheben, welche noch durch den Umstand vergröfsert wird, dafs das menschliche Auge selbst nicht achromatisch ist. Man bewirkt nur, dafs die letzten Bilder, rothes und violettes, in einerlei scheinbarer Gröfse, nicht aber, dafs sie in gleichem Abstande oder zugleich deutlich erscheinen.

Die ungleiche Gröfse der ersten Bilder, des rothen und violetten, welche bei den dialytischen Objectiven unvermeidlich ist, läfst sich aber durch eine angemessene Einrichtung der Oculare sehr wohl compensiren, so dass der farbige Rand in der Erscheinung eben so gut gehoben wird, wie bei Fernröhren von gewöhnlicher Einrichtung, während die zweite eben berührte Unvollkommenheit auch hier bleibt, so lange das erste rothe- und violette Bild in gleicher Entfernung von dem Objective liegen.

Es ist also klar, dafs um im Auge ein vollkommen farbenreines Bild hervorzubringen, das erste Bild eine gewisse von den Verhältnissen der Oculare und dem Nichtachromatismus des menschlichen Auges abhängende Längenabweichung haben muss. Theoretisch betrachtet läfst sich nun allerdings auch ein Objectiv von gewöhnlicher Einrichtung so berechnen, dafs eine vorgeschriebene Längenabweichung Statt findet; allein abgesehen von der Schwierigkeit, der ganzen Schärfe, welche zur Darstellung so sehr kleiner Unterschiede erfordert wird, in der technischen Ausführung nachzukommen, würde doch diese Längenabweichung immer nur für ein bestimmtes Ocular passen.

Bei der dialytischen Einrichtung hingegen ist durch die Verschiebbarkeit der den zweiten Theil des Objectivs bildenden Doppellinse gegen den ersten das Mittel gegeben, diejenige Längenabweichung zu erhalten, welche für jedes Ocular erforderlich ist, während das Ocular so eingerichtet sein kann, daß der farbige Rand gehörig gehoben wird. Übrigens muß ich mich hier auf diese kurze Andeutung beschränken, und eine ausführlichere Entwickelung dieses interessanten Gegenstandes einer andern Gelegenheit vorbehalten.